MAY 2022

Para los que nos cuidan.
LL

LUCIANO LOZANO

Nací el año en el que el hombre llegó a la Luna. Quizá por eso, desde pequeño, he viajado mucho. Vivo a medio camino entre Barcelona y Benalmádena.

Llevo quince años trabajando como ilustrador. Antes estudié Turismo y trabajé en agencias de viajes, trenes y aeropuertos. He estado en Japón dos veces. La primera fue una aventura en Tokio sin reserva de hotel y sin saber muy bien qué hacer. Volvía de mi primer curso de Ilustración en Londres y me pasé los cinco días dibujando. Me sorprendió enormemente el sentido de la estética japonesa, y tengo la sensación de que ese viaje y esa estética van unidos, de alguna forma, a mi trabajo en el campo de la ilustración.

Me gustan las palabras, pero también los silencios; la música contemporánea y la clásica; la intensidad y la sutileza; las letras y los espacios en blanco; la lírica y el humor; las imágenes y las palabras; la mente, pero también el cuerpo; los viajes y estar en casa; los amigos y también la soledad; dormir acompañado y dormir solo; la independencia, pero también el compromiso; barajar todas las opciones para luego dejarme llevar por la música del azar, porque hay un momento para todo y todo tiene su momento. Mi mayor certeza es intentar no dar nada por sentado.

Publicado por AKIARA books
Plaça del Nord, 4, pral. 1ª
08024 Barcelona
www.akiarabooks.com/es
info@akiarabooks.com

Colección: Akialbum, 18
Primera edición: marzo de 2021
Dirección editorial: Inês Castel-Branco
Fotografía del autor: Eugènia Anglès

Impreso en España
@Agpograf_Impressors
Depósito legal: B 2.505-2021
ISBN: 978-84-17440-81-7

Este producto está hecho con material proveniente de bosques certificados FSC® bien manejados y de materiales reciclados.

Este libro ha sido impreso sobre papel Offset Coral Book White de 160 g/m², y la cubierta sobre papel Imitlin E/R55 Aida Bianco de 125 g/m².

En la tipografía, se ha usado la familia de fuentes Arno Pro.

Tancho

LUCIANO LOZANO

AKIARA books

Yoshitaka vivía junto a los humedales de Hokkaido.

Todos lo llamaban Tancho,
que es el nombre que los japoneses dan la grulla.

Cuando acababa el verano y las hojas empezaban a caer,
Tancho se sentía feliz.

Con las primeras nieves
llegarían las grullas a los humedales de la isla
para pasar el invierno.

A Tancho le gustaba
mirar la extraña danza de las grullas
desde su ventana.

Todo comenzaba con una canción.
Sus cantos agudos de trompeta se oían en todo el pueblo.
Seguía un baile, en el que las grullas estiraban su esbelto cuello,
se inclinaban y saltaban para demostrar su amor.

Un día, Tancho se acercó a las grullas,
pero ellas echaron a volar, desconfiadas.

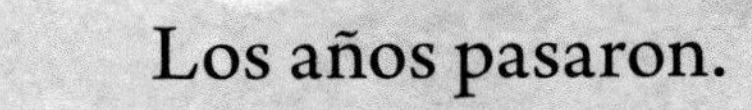

Los años pasaron.

Cada invierno, mientras su hija jugaba en el calor del hogar,
Tancho observaba las grullas sobre la nieve.

Los *ainus,* los antiguos habitantes de la isla,
cuidaban de las grullas,
pero ahora la gente estaba tan atareada
que se había olvidado de ellas.

Cada año llegaban menos grullas a los humedales,
ya que apenas encontraban comida en la nieve.
Hubo un invierno en que tan solo
apareció una pareja.

El verano siguiente, como de costumbre,
Tancho trabajó en los campos,
pero temía que las grullas no volvieran con la nieve.

El día más frío del invierno,
Tancho oyó, por fin,
los cantos cansados de las grullas.
Se acercó a ellas.

Parecían asustadas,
pero estaban tan hambrientas
que no se movieron.

Tancho alimentó a las grullas con sus manos
durante todo el invierno, hasta que migraron de nuevo.
Pero antes, como despedida, realizaron
su baile majestuoso para darle las gracias.

El año siguiente la pareja de grullas volvió,
pero ya no estaba sola.

La familia de grullas fue creciendo.

Tancho trabajaba muy duro.
Plantaba el doble de semillas
y guardaba la cosecha para el invierno.

Una primavera, la despedida de las grullas fue especial.
Tancho sabía que su voz,
como las hojas de los álamos en invierno,
se apagaba.

El año siguiente las grullas observaron
como alguien se acercaba en la nieve.

No conocían a Sadako, la hija de Tancho,
pero, cuando les ofreció el trigo con la mano,
reconocieron el gesto de su padre.
Sadako las alimentó todo el invierno.

Cuando llegó la primavera, antes de marcharse,
las grullas danzaron para quien las había alimentado.
Sabían que, aunque los habitantes de la isla seguían muy atareados,
siempre habría alguien para cuidar de ellas.

El gobierno de Hokkaido nombró a Yoshitaka Ito
«el Guardián de las Grullas».

Y fundó un santuario en su granja,
que más tarde se convirtió
en el Centro de Conservación de Grullas de Japón.

El trabajo que él comenzó
lo realiza aún hoy su familia.

Y centenares de grullas siguen visitando cada año
las tierras de Tancho.

Guía de lectura

Creación

Una fría tarde de invierno estaba aburrido mirando la televisión y, al cambiar de canal, me detuve en un documental sobre la isla de Hokkaido. Siempre he sido un gran admirador de la cultura japonesa. Como ilustrador, he trabajado en dos libros que se desarrollan en ese país (*El podador de bonsáis* y *La escuela de Haru*). A pesar de ser muy diferentes entre sí, coinciden curiosamente en algo: en ambos dibujé grullas sin que aparecieran previamente en el texto.

El documental mostraba unas grullas en la nieve. Me pareció una escena tan bella que no pude apartar mi vista de la pantalla, agradeciendo al azar haber llegado hasta allí. Me fascinó la historia de Yoshitaka Ito, el hombre que alimentó a las grullas y las salvó de su extinción en Japón. Recabé información para asegurarme de que aquella historia tan extraordinaria había existido de verdad. Como al despertar de un sueño, escribí el borrador que se convirtió en el libro que tenéis en las manos.

Esta historia, pues, está basada en hechos reales y, como todas las historias, tiene algo de imaginación. Puede que nunca sepa si a Yoshitaka lo llamaban Tancho, o si tuvo una hija. De lo que estoy totalmente seguro es de que la Sociedad de Aves Salvajes de Japón cuida de las grullas y lo seguirá haciendo. Estoy de acuerdo con Erich Fromm cuando dice que uno de los elementos necesarios para el desarrollo del amor, además de la responsabilidad, el respeto y el conocimiento, es el cuidado. Por fin parece que empezamos a valorar a las personas que cuidan. A ellas está dedicado este libro.

Las grullas

La grulla de corona roja (*Grus japonensis*) es una de las aves más grandes de Japón. Suelen medir un metro y medio de altura y sus alas extendidas alcanzan más de dos metros. Son omnívoras y pueden vivir hasta los 50 años. La característica distintiva de esta especie es la mancha roja en su cabeza, que les da nombre en japonés, *Tancho* (丹頂), donde 丹 (tan) significa 'rojo' y 頂 (chō) significa 'cima' o 'corona'.

Como parte de su ritual amoroso, las grullas permanecen unas junto a otras con las cabezas alzadas, emitiendo fuertes reclamos parecidos a una trompeta. Luego ejecutan una espectacular danza. Moviendo sus cabezas arriba y abajo, levantan y agitan sus alas según complejas secuencias coordinadas de reverencias, saltos, carreras y vuelos cortos.

Su población se creyó extinguida hace un siglo, pero un pequeño grupo apareció en los humedales de la isla de Hokkaido en 1924. La primera persona que empezó a alimentar a las grullas en esa zona fue Yoshitaka Ito (1919-2000). Actualmente, la Sociedad de Aves Salvajes de Japón continúa con el trabajo en la que fue su granja. Alimentan diariamente a las grullas de noviembre a marzo, cuando la temperatura suele bajar hasta los 20 grados bajo cero y es difícil encontrar comida entre la nieve. Consumen unos 50 kilos de comida al día. Se desconoce el número exacto de aves en la actualidad, pero al menos existen 1800.

丹頂

Simbología

Las grullas han estado presentes en la cultura japonesa durante cientos de años como signo de buen augurio. Simbolizan la fidelidad y la lealtad, pues suelen conservar la misma pareja toda la vida. Es habitual ver representaciones de estas aves majestuosas y elegantes en telas de kimonos nupciales y arreglos para las bodas, puesto que son consideradas protectoras de la familia. Se cree que la presencia de un dibujo o figura de una grulla en una casa aporta armonía y felicidad. Si se coloca en el lado oeste, trae buena suerte para los niños.

En el taoísmo, la grulla representa la longevidad y la inmortalidad. En el budismo, está relacionada con la búsqueda del camino espiritual. Según una leyenda, con sus grandes alas la grulla transporta las personas a los terrenos espirituales más elevados. Cuando alguien fallece, se dice que la grulla lleva su alma hasta el paraíso.

Sadako Sasaki

La conmovedora historia de una niña convirtió a la grulla en símbolo de paz y esperanza en Japón. Sadako Sasaki enfermó gravemente de leucemia a causa de la radiación a la que estuvo expuesta tras la explosión de la bomba atómica en Hiroshima. Una amiga le contó una antigua leyenda que decía que la persona que fuera capaz de hacer mil grullas de origami se recuperaría de una grave enfermedad, llegando a alcanzar una larga vida. Sadako comenzó a hacer todas las grullas de papel que pudo, pero lamentablemente no logró su objetivo. Tras su muerte se erigió un monumento en su nombre en el Parque de la Paz de Hiroshima. Cada año llegan a sus pies miles de grullas de papel elaboradas por niños japoneses.

Los *ainus*

Los habitantes indígenas de Hokkaido tienen creencias animistas, según las cuales todo en la naturaleza tiene un *kamui* ('espíritu divino') en su interior. Los *ainus* llaman a la grulla *Sarukonkamui*, que significa 'dios de los humedales'. Una de sus danzas tradicionales es conocida como la «Danza de la grulla». En la actualidad, al menos uno de los progenitores de 15 000 japoneses pertenece a esta etnia.